সিংহ আর ইঁদুর
ঈশপের কাহিনী

The Lion and the Mouse
an Aesop's Fable

Jan Ormerod

Bengali translation by Raihana Mahbub

অনেক দূরে আর বহু বছর আগে একটি ছোট ইঁদুর ঘুমন্ত সিংহের লেজের উপর দিয়ে দৌড়ে গিয়েছিল। ইঁদুরটি পিঠের উপর দিয়ে সিংহের কেশর ও মাথায় চলে যায়।

কাজেই ... সিংহটি জেগে উঠল।

Far away and long ago, as a lion lay asleep, a little mouse ran up his tail. He ran onto his back and up his mane and onto his head ...

... so that the lion woke up.

সিংহটি ইঁদুরটিকে আঁকড়ে ধরল, তার বিরাট থাবার মধ্যে ধরে রাগে গর্জন করে উঠল "তোর এত বড় সাহস আমাকে জাগিয়ে তুলিস! তুই কি জানিস না যে আমি পশুর রাজা? আর আমি তোকে খাব!"

The lion grabbed the mouse and, holding him in his large claws, roared in anger: "How dare you wake me up! Don't you know that I am the King of the Beasts? And I shall eat you!"

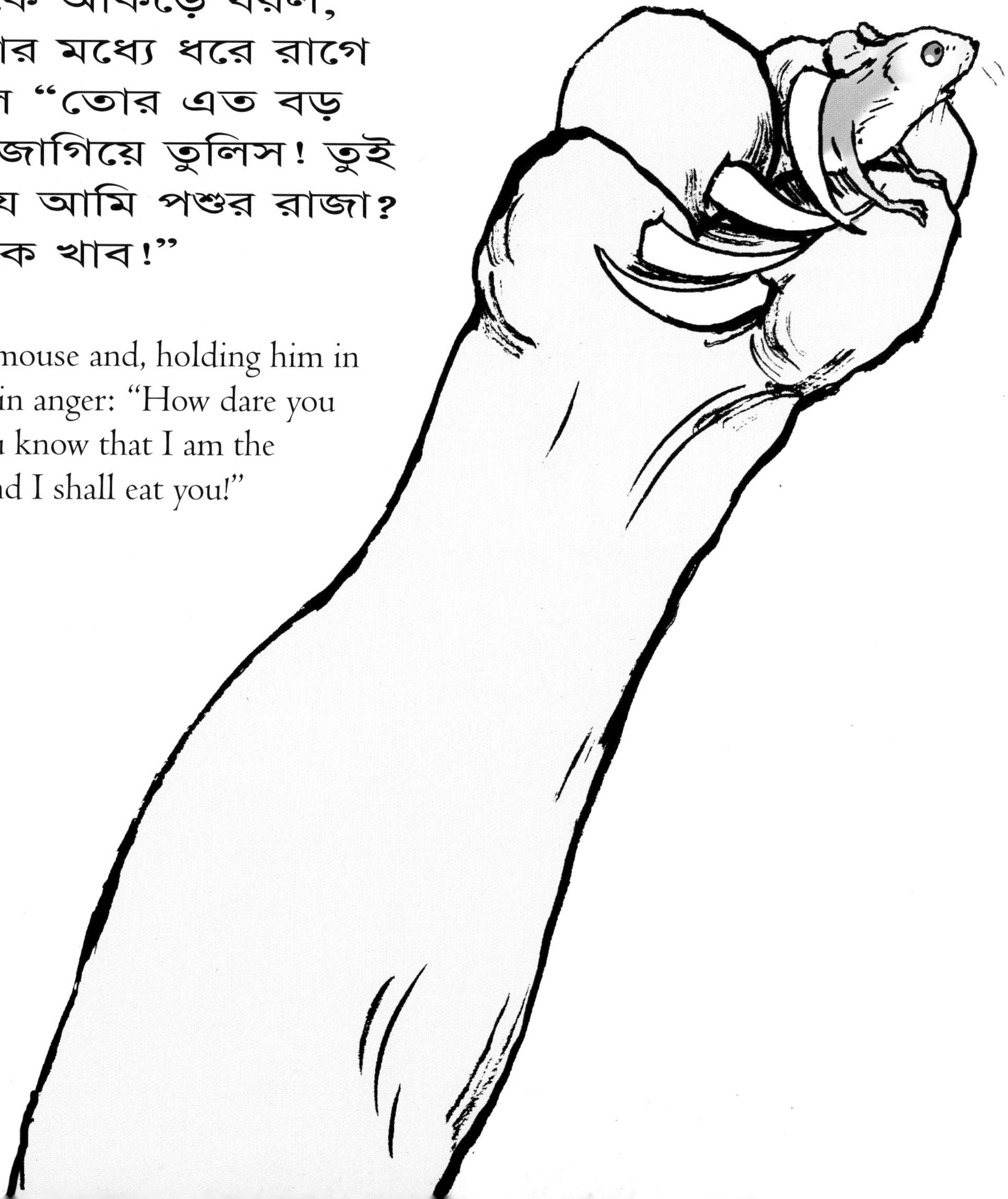

ইঁদুর তাকে ছেড়ে দেবার জন্য সিংহের কাছে প্রাণ ভিক্ষা চাইল। "দয়া করে আমাকে খাবেন না মহারাজ! দয়া করে আমাকে যেতে দিন আমি কথা দিচিছ আজীবন আপনার বন্ধু হয়ে থাকবো। কে জানে, আমি হয়ত একদিন আপনার জীবন বাঁচাব।"

The mouse begged the lion to let him go. "Please don't eat me Your Majesty! Please let me go - and I promise I will be your friend forever. Who knows, one day I might even save your life."

সিংহ ক্ষুদ্র ইঁদুরটির দিকে তাকাল । আর হাসিতে ফেটে পড়ল । "তুই আমার প্রাণ বাঁচাবি? কি অদ্ভুত চিন্তা! কিন্তু তুই আমাকে হাসিয়েছিস । আর আমার মেজাজ ভাল করে দিয়েছিস । কাজেই আমি তোকে যেতে দিব ।"
সিংহ তার থাবা খুলে দিল । আর ইঁদুরটিকে মুক্ত করে দিল ।

The lion looked at the tiny mouse and burst out laughing. "*You* save *my* life?
What a silly idea! But you have made me laugh and put me into a good mood.
So I shall let you go."
And the lion opened his claws and set the mouse free.

এর কয়েকদিন পরেই সিংহটি শিকারীর জালে আটকা পড়ে গেল। তার এত বড় আকার ও শক্তি থাকা সত্ত্বেও সিংহটি জাল ছিঁড়ে বের হতে পারল না। রাগে চীৎকার করে সে পৃথিবী কাঁপিয়ে ফেললো।

It was only a few days later that the lion was trapped by a hunter's net.
Even with all his size and strength he could not break free.
He let out a roar of rage that shook the earth.

সব জন্তুই তার চীৎকার শুনলো ...

All the animals heard his cry ...

কিন্তু শুধুমাত্র ছোট্ট ইঁদুরটিই গর্জনের শব্দ শুনে সেদিকে দৌড়ে গেল। "আমি আপনাকে সাহায্য করবো মহারাজ" ইঁদুরটি বললো। "আপনি আমাকে ছেড়ে দিয়েছিলেন আর খেয়ে ফেলেন নি। কাজেই আমি আপনার বন্ধু ও প্রাণ বাঁচাতে সাহায্যকারী।"

but only the tiny mouse ran in the direction of the lion's roar. "I will help you, Your Majesty," said the mouse. "You let me go and did not eat me. So now I am your friend and helper for life."

সে তখনই সিংহকে বেঁধে রাখা দড়িগুলো দাঁত দিয়ে কাটতে শুরু করল।

He immediately began gnawing at the ropes that bound the lion.

ছোট ইঁদুরটি সুর্য ডুবে যাওয়া পর্যন্ত
চিবুতে থাকলো । আকাশে চাঁদ ও তারা
ওঠা অবধি সে দাঁত দিয়ে কাটতে লাগলো ।
অবশেষে সুর্য ওঠার একটু আগেই পশুর
রাজা মুক্ত হল ।

The tiny mouse nibbled until the sun went down.
He gnawed as the moon and stars appeared in the sky.
Finally, just before the sun rose again,
the King of the Beasts was free at last.

"আমি কি ঠিক বলি নি, মহারাজ?" ছোট ইঁদুরটি বললো ।
"এবার আপনাকে আমার সাহায্য করার পালা ।"
এবার সিংহ ছোট ইঁদুরের কথায় হাসল না বরং বললো
"আমার বিশ্বাস হয়নি যে তুই আমার কাজে লাগবি ছোট
ইঁদুর, কিন্তু আজ তুই আমার প্রাণ বাঁচিয়েছিস ।"

"Was I not right, Your Majesty?" said the little mouse.
"It was my turn to help you."
The lion did not laugh at the little mouse now,
but said, "I did not believe that you could be
of use to me, little mouse, but today
you saved my life."

Teacher's Notes

The Lion and the Mouse

Read the story. Explain that we can write our own fable by changing the characters.

Discuss the different animals you could use, for instance would a dog rescue a cat? What kind of situation could they be in that a dog might rescue a cat?

Write an example together as a class, then, give the children the opportunity to write their own fable. Children who need support could be provided with a writing frame.

As a whole class play a clapping, rhythm game on various words in the text working out how many syllables they have.

Get the children to imagine that they are the lion. They are so happy that the mouse rescued them that they want to have a party to say thank you. Who would they invite? What kind of food might they serve? Get the children to draw the different foods or if they are older to plan their own menu.

The Hare's Revenge

Many countries have versions of this story including India, Tibet and Sri Lanka. Look at a map and show the children the countries.

Look at the pictures with the children and compare the countries that the lions live in — one is an arid desert area and the other is the lush green countryside of Malaysia.

Children can write their own fables by changing the setting of this story. Think about what kinds of animals you would find in a different setting. For example, how about 'The Hedgehog's Revenge', starring a hedgehog and a fox, living near a farm.

The hare thinks the lion is a bully and that he always gets others to do things for him. Discuss with the children different ways that the lion could be stopped from bullying. The children could role play different ways of dealing with the bullying lion.

খরগোশের প্রতিশোধ
একটি মালয়েশিয়ান কাহিনী

The Hare's Revenge
A Malaysian Fable

একটি খরগোশ ও একটি সিংহ পাশাপাশি থাকত।
"আমি বনের রাজা" সিংহটি গর্ব করে বলত। "আমি শক্তিশালী ও সাহসী এবং কেউ আমার প্রতিযোগী হতে পারে না।"
"হ্যাঁ মহারাজ" ভীত গলায় খরগোশটি উত্তর দিত। তারপর সিংহ গর্জন করত খরগোশের কান ব্যথা হয়ে যাওয়া পর্যন্ত আর সিংহটি রাগে গজরাতো খরগোশটি অত্যন্ত অখুশী হওয়া পর্যন্ত।

A hare and a lion were neighbours.
"I am the King of the Woods," the lion would boast. "I am strong and brave and no one can challenge me."
"Yes Your Majesty," the hare would reply in a small, frightened voice. Then the lion would roar until the hare's ears hurt, and he would rage until the hare felt very unhappy.

অবশেষে খরগোশটি ভাবল, "যথেষ্ট সহ্য করেছি! ঐ সিংহটা রাগী আর বোকা এবং আমার প্রতিশোধ নিতেই হবে।"
কাজেই সে সিংহটির কাছে গিয়ে বললো, "শুভদিন মহারাজ। আমি একজন সিংহের দেখা পেয়েছি যে দেখতে একেবারে আপনার মত। এই সিংহটি বলে যে সে হচ্ছে এই জঙ্গলের রাজা এবং যে তার সাথে প্রতিযোগীতা করতে আসবে তাকে সে সরিয়ে দিবে।"

Finally, the hare thought, "I can stand it no longer. That lion is a bully and a fool and I must get my revenge." So, she went to the lion and said, "Good day, Your Majesty. I've met a lion who looks exactly like you. This lion said HE was the king of these woods and that he would see off anyone who challenged him."

"ওহো" সিংহটি বলল। "তার কাছে কি তুমি *আমার* কথা বল নি?"
"হ্যাঁ, আমি বলেছি" খরগোশটি বলল। "কিন্তু আমার না বলাই ভাল ছিল। যখন আমি তার কাছে বর্ণনা করছিলাম আপনি কত শক্তিশালী, সে তা অবজ্ঞা করেছে। এবং সে অনেক কটু কথা বলেছে। এমন কি সে বলেছে যে *আপনি* তার চাকর হওয়ারও যোগ্য নন!"

"Oho," the lion said. "Didn't you mention *me* to him?"
"Yes, I did," the hare replied. "But it would have been better if I hadn't. When I described how strong you were, he just sneered. And he said some very rude things. He even said that he wouldn't take *you* for his servant!"

সিংহ রাগে ফেটে পড়ল । "কোথায় সে? কোথায় সে?
যদি আমি সেই সিংহকে খুঁজে পাই" সে গর্জন করে উঠল,
"আমি তাকে শীঘ্রই শিক্ষা দিব কে এই বনের রাজা ।"
"মহারাজ যদি চান" খরগোশটি বলল, "আমি আপনাকে
তার লুকনোর জায়গায় নিয়ে যেতে পারি ।"

The lion flew into a rage. "Where is he? Where is he? If I could find that lion,"
he roared, "I would soon teach him who is King of these Woods."
"If Your Majesty would like," answered the hare, "I could take you to his hiding place."

তারপর খরগোশটি সিংহকে একটা
গভীর কূয়ার কাছে নিয়ে গেল এবং
বলল "সে নীচে ওখানে রয়েছে ।"

So the hare took the lion to a deep well and said, "He is down there."

সিংহ রাগান্বিত হয়ে কূয়ার ভিতর তাকিয়ে দেখল।
তার মধ্যে একটা মস্তবড় ভয়ঙ্কর সিংহ দেখা গেল
যে তার দিকে জলন্ত দৃষ্টিতে তাকিয়ে আছে।
সিংহ গর্জন করে উঠল এবং তার চেয়ে জোরে
গর্জনের শব্দ কূয়ার ভিতর থেকে প্রতিধ্বনিত হয়ে
উপরে ভেসে এল।

The lion glared angrily into the well.
There, was a huge ferocious lion, glaring back at him.
The lion roared, and an even louder roar echoed up
from within the well.

সিংহ রাগে উপরের দিকে লাফিয়ে উঠল
এবং কূয়ার ভিতর হিংস্র সিংহের উপর
ঝাপিয়ে পড়ল।

Filled with rage the lion sprang into the air and
flung himself at the ferocious lion in the well.

নীচে, নীচে এবং আরো নীচে সে পড়ে গেল
যেখানে তাকে আর কখনই দেখা যাবে না।

Down and
down and
down he fell
never to be seen again.

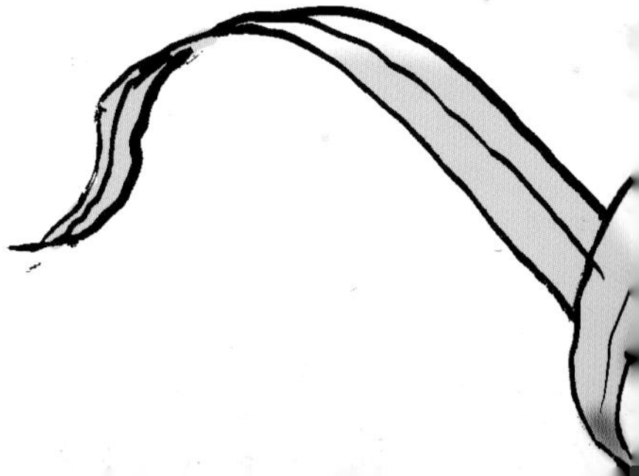

এবং এভাবেই খরগোশ তার প্রতিশোধ নিয়েছে।

And that was how the hare had her revenge.